AF236543

Ralf Neubohn

Weihnachten mit Alpaka, Lama

und der schussligen Hexe

Ralf Neubohn

Weihnachten mit Alpaka, Lama

und der schussligen Hexe

Bibliografische Information der Deutschen Nationalbibliothek
Die Deutsche Nationalbibliothek verzeichnet diese Publikation
in der Deutschen Nationalbibliografie;
detaillierte bibliografische Daten sind im Internet
über www.dnb.de abrufbar.

Herstellung und Verlag: BoD – Books on Demand, Nordersted

ISBN: 978-3-7543-3852-0

Dieses Buch ist allen meinen treuen Lesern gewidmet.

Was wäre ich ohne Euch?

Inhalt

Vorwort

Nach vielen außergewöhnlichen Abenteuern begegnet unser liebstes Alpaka einem sehr netten Lama und einer besonders schussligen Hexe.

Zu dritt erleben sie eine spannende Zeit, die sie zu einer festen Freundschaft zusammen schweißt. Dabei werden viele wichtige Fragen geklärt: Gibt es magische Funklöcher? Wie geht es auf Hexenflugschulen zu? Woran kann es liegen, wenn die Hexenkugel nicht funktioniert? Sind Hexen gute Urlaubsvertretungen auf Tierhöfen? Können Alpakas und Lamas Schreibmaschine schreiben?

Viel Spaß beim Lesen wünscht Ihnen

Ihr Ralf Neubohn

Die Ankunft

Unsicher sah sich das Lama Larrylinchen seine neue Heimat an. Das Hofgut lag nah bei einem schönen Wald. Auf der anderen Seite des Hofes zogen sich unendliche Wiesen hin. Eine idyllische Landschaft also. Und auch auf dem Hof hätte nichts schöner sein können. Von dem Besitzerehepaar alles liebevoll gepflegt. Larrylinchen seufzte etwas verloren, auf der Suche nach Kontakt zu anderen Tieren. Da hörte es Schreibmaschinengeklapper aus einem der Alpakaställe. Arbeitete der Besitzer im Stall statt im Büro? Suchte er dermaßen die Nähe seiner Tiere? Das Lama linste vorsichtig in den Stall. Ein Alpaka schrieb vierfüßig kichernd vor sich hin. Das Lama konnte es nicht fassen! Noch nie hatte es von etwas Derartigem gehört! Was für eine Sensation! Ob der Hof noch andere Überraschungen bereithielt?

Das Alpaka

Scheu fragte Larrylinchen: „Wer bist denn Du? Warum kannst Du Schreibmaschine schreiben?"

Das Alpaka drehte sich noch immer lachend um und sprach: „Ich bin Alpakalinle, das Lieblingsalpaka vom Nikolaus. Zusammen erleben wir viele Abenteuer, die ich dann zusammen mit dem Autor Ralphus Rheumaticuslinchen unter dem Pseudonym Ralf Neubohn aufschreibe."

Vor Ehrfurcht erstarrte das Lama. Es flüsterte beeindruckt: „Mein ehemaliger Besitzer hat mir abends immer Eure Abenteuer vorgelesen. Wie Ihr am Nikolaustag mit Geschenken zu den Kindern fliegt, was Du mit dem mythischen Vogel Phönix erlebt hast! Oh, ja! Vor allem Deine Abenteuer mit dem kleinen Drachen haben mich sehr beeindruckt! Ach, wie schade, dass ich nie solche magischen Abenteuer erleben werde!"

Da täuschte sich das arme Lama sehr. Es sollte in Kürze äußerst Magisches erleben! Vielleicht lauerte sogar schon zu viel Magie!

Der Streichelzoo

Die beiden Tiere freundeten sich an und entdeckten mit der Zeit, dass sie sogar weit entfernt gemeinsame Vorfahren besaßen. Viele Menschen besuchten den Hof, machten mit den beiden lange Wanderungen oder pflegten sie liebevoll. Besonders gern hielten sie sich im sogenannten Streichelzoo auf, wo vor allem Kinder sich um die beiden kümmerten. Alpakalinle erzählte dem Lama viel von seinen Abenteuern, besonders von dem grusligen Halloween Fest. Darüber schrieb es gerade autobiographisch in jeder freien Minute. In einigen Wochen sollten die neuen Abenteuer unter dem Titel: „Halloween, Drache und Alpaka im Scheinwerferlicht" erscheinen.

Ein sehr liebes, aber auch sehr schussliges Mädchen hörte scheinbar interessiert den Tieren zu. Aber Menschen können doch Tiergespräche nicht verstehen? Oder doch? Irgendwie ging von dem Mädchen eine ganz besondere Ausstrahlung aus. Was steckte dahinter?

Das Mädchen

Häufig kam das Mädchen zu Besuch, verlor dabei ständig Haarspangen, Schleifen und allerlei Kleinigkeiten. Dabei stolperte das arme Kind auch laufend über seine altmodischen Schuhe, welche viel zu groß waren.

Wenn es irgendwo schepperte, so wusste jeder sofort: „Aha, sie hat wieder die Leiter oder die Gießkanne umgeworfen."

Eines Tages spazierten die beiden Tiere allein durch den Wald, als sie plötzlich vor Schreck erstarrten. Auf einer Waldlichtung fand Unterricht der Hexenflugschule statt. Kleine, zierliche Hexen versuchten auf ihrem Besen um die Lichtung zu fliegen. Versuchten es, aber meistens klappte es nicht. Die einen fielen von ihren widerspenstigen Besen, die anderen stürzten sogar mit diesen zusammen ab. Dabei erklang ein merkwürdiges: „Hui!" Die Fluglehrerin raufte sich aufgrund dieser ungeschickten Hexen verzweifelt die Haare. Ein Wunder, dass sie überhaupt noch welche besaß!

„Jede Schulklasse ist stets noch unfähiger als die vorherige! Es ist nicht auszuhalten! Ich sollte wirklich endlich in Rente gehen! Warum tue ich mir das noch an?", rief die arme Hexe verzweifelt.

Merke: Auch alte Hexen können bemitleidenswert sein!

Die Flugschule

Unsere beiden Helden beobachteten im Gebüsch versteckt weiterhin das chaotische treiben. Die meisten Hexen flogen auf normalen Besen. Die ärmeren nur auf kleinen Handbesen, die reichen sogar auf laut brummenden Staubsaugern.

Eine der kleinen Hexen stürzte besonders häufig ab. Die bemitleidenswerte Fluglehrerin alterte sichtbar um Jahre, wenn das Mädchen schaukelnd an ihr vorbeiflog. „Du bringst mich noch vorzeitig ins Grab!", zischte die leidgeprüfte Lehrerin.

Das Mädchen wurde dadurch noch nervöser, stürzte viel häufiger ab und vermehrte ihre Beulen dabei beträchtlich. Irgendwie kam die Kleine den beiden Tieren bekannt vor.

Woher bloß?

Nähere Bekanntschaft

Einen Tag später kam das junge Mädchen wieder auf den Tierhof zu Besuch. Dabei murmelte sie vor sich hin: „Ja, Alpakalinle, Deine Abenteuer verfolge ich schon seit langem in meiner Hexenku... äh, im Fernsehen."

Nun klickte es in Alpakalinles Kopf endlich. Dieses Mädchen war die junge Hexe, die so oft vom Besen fiel. Schon allein die vielen Beulen verrieten es, dazu das starke Hinken.

„Nun", sprach die Hexe. „Ich sehe, Ihr wisst, dass ich eine Hexe bin. Bitte erzählt es nicht weiter! Denn uns Hexen ist es streng verboten, uns zu erkennen zu geben. Alle Welt soll glauben, uns gäbe es nicht mehr." Da Hexen bekanntlich mit Tieren sprechen konnten, stellten sich die drei nun gegenseitig näher vor. Dabei ergab es sich, dass Alpakalinle und die Hexe gemeinsame Bekannte besaßen. Den Osterhasen, den mythischen Vogel Phönix und den chaotischen Drachen.

Was für Abenteuer unsere drei Helden wohl nun gemeinsam erleben würden?

Sir Ralphus

Ralphus Rheumaticuslinchen schrieb gerade mit Alpakalinle an dem Buch: „Das magische Alpaka und der Drache", als die Hexe eines Tages zu ihnen in den Stall kam.

„Aha, habe ich Euch beim Schreiben erwischt!", rief sie fröhlich.

Ralphus sah das Mädchen an und meinte: „Du bis eine Hexe!"

Erstaunt fragte diese: „Woher weißt Du das? Hat mich das Alpaka verraten?"

„Nein", erwiderte der greise Autor. „Als ich noch am Hofe von König Arthurs unter dem Namen Sir Ralphus lebte, lernte ich Deine Mutter kennen. Du siehst ihr sehr ähnlich."

Die junge Hexe murmelte: „Ja, aber ich bin nicht so böse wie Mutti und setze Zauberer gefangen." Dabei stolperte die Arme über einen Rechen und fiel vor Ralphus hin.

„Du brauchst Dich nicht mir zu Füßen zu werfen, kleine Hexe Kleckselinchen! Ich glaube Dir. Du bist doch die Hexe Kleckselinchen? So hieß die jüngst Tochter der bösen Hexe."

Larrylinchen welches staunend zuhörte, mischte sich nun ins Gespräch: „Ja, so hieß die Tochter. Aber die Mutter war keine Hexe, sondern eine böse Fee. Das hat mir mein ehemaliger Besitzer vorgelesen. Ach, wenn der wüsste, was ich hier gerade erlebe! Vor staunen würde ihm sein klapperndes Gebiss herausfallen!"

Stimmt! Dies geschah auch tatsächlich, als er dieses Buch las! Oh, je! Der Arme! Hoffentlich fand er sein Gebiss wieder!

Nicht zauberhaft

Larrylinchen erkundigte sich interessiert: „Kannst Du auch zaubern?" „Na, klar", erwiderte Kleckselinchen schnippisch. „Schaut her, was ich Euch in meiner magischen Hexenkugel zeige!" Sie zog aus ihrer einen Jackentasche etwas Rundes, aus der anderen einen Zauberstab. Mit viel aufgeregtem Aufwand murmelte sie Hexensprüche, zeigte mit viel Elan auf den runden Gegenstand, nichts geschah. Verwirrt blickte die Hexe Kleckselinchen darauf, wiederholte den Vorgang noch energischer, nichts geschah. „Ob hier ein magisches Funkloch ist?", spekulierte sie. „An solchen Orten funktioniert Magie nämlich nicht." Sir Ralphus hüstelte entschuldigend: „Ich war zwar nur ein Lehrling des Zauberers Merlin, aber ein kleines bisschen verstehe ich doch vom Zaubern. Und ich habe noch nie gesehen, dass jemand mit einem fauligen Apfel in der Hand was zustande brachte." Angeekelt blickte Kleckselinchen auf den alten Apfel! Igitt! Statt der Hexenkugel zog sie aus Versehen einen alten Apfel hervor! Na ja, jeder kann mal einen kleinen Fehler machen!

Zweiter Versuch

Kleckselinchen holte die richtige Hexenkugel hervor, nahm den Zauberstab wieder in die Hand und startete nochmals mit der Beschwörung, murmelte magische Sprüche, zeigte wieder mit dem Stab…

Es passierte schon wieder nichts! „Ist die Hexenkugel vielleicht ein Montagsmodel oder im Urlaub?", überlegte sie. Dann versuchte es die junge Hexe mit aller Magie nochmals…

Nichts! Enttäuscht starrte sie auf die Hexenkugel. Larrylinchen flüsterte: „Tja, ich will mich nicht einmischen. Aber Du hast vorhin den Zauberstab hingelegt und dann zum Zaubern aus Versehen ein Stück Stroh in die Hand genommen."

Errötend meinte die Hexe ablenkend: „Ach, ich wollte nur testen, ob es auch ohne Zauberstab geht."

Ob sich davon jemand täuschen ließ? Wohl kaum!

Aber jetzt?

Nun mit den richtigen Hexenwerkzeugen versehen, startete der dritte Versuch. Aller guten Dinge sind ja bekanntlich drei. Oder doch nicht?

Die Hexenkugel begann zu flimmern, alle sahen darin die Zukunft der beiden Tiere. Sie erlebten noch viele Abenteuer. Manche gemeinsam, manche von einander getrennt. Doch alle Erlebnisse schrieben die beiden zusammen mit Sir Ralphus auf. Noch viele aufregende Alpaka und Lama Abenteuer lagen vor ihnen! Und noch viel mehr Schreibarbeit an der Schreibmaschine! Schon allein vom Gedanken daran taten ihnen die Hufe weh! Oh, die armen Tierchen! Aber: Ruhm verpflichtet.

Abflug

Nachdem die junge Hexe noch ein paar mehr oder weniger gelungene Zauberkunststücke vorgeführt hatte, verabschiedete sie sich von allen ausführlich. Anschließend setzte Kleckselinchen sich auf eine Kehrschaufel, um nach Hause zu fliegen.

Larrylinchen erkundigte sich erstaunt: „Ich dachte, Hexen reisen auf Besen?"

„Tun wir auch", erklärte Kleckselinchen. „Aber ich habe meinen Besen aus Versehen irgendwo liegen lassen. Deshalb reise ich jetzt ersatzweise auf einer Kehrschaufel."

Galant eilte Sir Ralphus zur Hilfe und brachte ihr einen Stallbesen. Dankend flog sie mit diesem los, eine Spur Stallgeruchs hinter sich lassend. Merke: Alte Besen kehren gut, riechen aber auch manchmal etwas!

Urlaubsvertretung

Wenn die Besitzer des Hofes verreisten, vertrauten sie stets Sir Ralphus und der jungen Hexe den Hof an. Zum Glück wussten die Besitzer nicht, dass dieses nette Mädchen zur Zunft der Hexen gehörte! Sonst wäre es um ihre Erholung geschehen gewesen!

Anfangs macht die Hexe Kleckselinchen noch kleine Fehler. So meinte sie, dass Tiere gerne dasselbe aßen, wie sie selbst. Die Tiere staunten nicht schlecht, als es zum Frühstück Kekse gab. „Getreide ist gesund", äußerte sich die junge Hexe. Als es aber auch noch mittags chinesisches Essen geben sollte, streikten die Tiere empört! Kleckselinchen konnte das gar nicht verstehen: „Aber es ist doch gesund und schmeckt dazu auch noch lecker! Tiere sind sehr seltsam!"

„Und Du bist das seltsamste Tier", murmelte Larrylinchen.

Essen

Gelegentlich fiel die junge Hexe sehr auf. Z.B. als sie beim chinesischen Essen im Hofcafé ihre Zauberstäbe als Stäbchen zum Essen benutzen wollte. Durch den Kontakt der Zauberstäbe mit dem Lebensmittel verwandelten sich diese durch die magische Energie in ihren ursprünglichen Zustand zurück. So, dass im Hofcafé plötzlich Schweine, Kühe, Hühner und sogar Fische auftauchten. Von den Haien der Haifischflossensuppe ganz zu schweigen. Oft tobte das völlige Chaos, aber Kleckselinchen meinte jedes Mal: „Ach, das ist halt ausnahmsweise Pech. Aber morgen wird es ohne Probleme klappen."

Tja, das dachte nur sie allein. Die Skepsis der anderen behielt immer Recht. Aber Kleckselinchen blieb eine unverbesserliche Optimistin. Zum Leidwesen aller anderen!

Kleckselinchen

Eines Tages flog Kleckselinchen auf einem alten Füller zum Hof.

Larrylinchen bemerkte verblüfft: „Ich dachte, Du fliegst auf einer Kehrschaufel, weil Du Deinen Besen verlegt hast."

Kleinlaut gestand die Hexe: „Ja, die Kehrschaufel habe ich leider auch irgendwo vergessen. Darum reise ich jetzt auf meinem Füller."

Alpakalinle erschien mit einige blauen Klecksen auf der Nase und sprach verärgert: „Jetzt weiß ich, warum Du Kleckselinchen heißt. Dein Füller kleckst beim Fliegen ganz unglaublich."

Keck entgegnete die Hexe: „Sei froh, dass es auf Dich bloß Tinte von meinem Füller gekleckert hat. Stell Dir mal vor, was Dir passieren kann, wenn der Weihnachtsmann mit seinem Rentierschlitten über Dich hinweg fliegt!"

Sehr wahr!

Es beginnt die Vorweihnachtszeit

In dieser Vorweihnachtszeit wurden heimlich viele Geschenke gekauft. Besorgt fragten sich nämlich alle, ob der Nikolaus dieses Jahr überhaupt kam? Wurde er nicht allmählich alt und musste bald in Rente? Das Gleiche galt auch für den Weihnachtsmann. Kleckselinchen übte deshalb daheim heimlich Weihnachtszauber. Allerdings nicht sehr erfolgreich. Immerhin erschienen zwar Sachen, aber nie die erwarteten... Es erschien einmal ein äußerst erboster Osterhase, ein anderes Mal ein riesiger Tyrannosaurus Rex. Auch der war irgendwie nicht das Richtige für Weihnachten. Herzerweichend seufzte die bemitleidenswerte Hexe. Es lag noch viel Lernarbeit vor ihr! Die Arme seufzte so viel, dass einige Leute sie aus Versehen statt Kleckselinchen Seufzelinchen nannten.

Oh, weh!

Wichteln

Ralphus, Kleckselinchen, Larrylinchen und Alpakalinle trafen sich zum alten Vorweihnachtsbrauch, dem Wichteln. Jeder brachte schön verpackte Geschenke mit, die in einem Zylinder gemischt wurden. Anschließend durfte jeder einmal ein Geschenk für sich selbst ziehen. Larrylinchen zog ein gebrauchtes Gebiss. Sofort verdächtigten alle Sir Ralphus, dieses in den Zylinder gelegt zu haben.

Dieser bestritt es aber energisch: „Gar nicht wahr, ich habe eine meiner Perücken in den Zylinder getan."

Alpakalinle trug diese Perücke gerade und sah damit sehr seltsam aus. „Stimmt, ich habe die Perücke gerade herausgezogen."

Kleckselinchen langte in den Zylinder und zog eine angenagte Mohrrübe heraus. „Wer hat denn die da rein getan? Gebt mir mal das alte Gebiss, ich kann es jetzt gut brauchen."

Da schoss aus dem Zylinder ein Hase heraus, griff sich empört die Mohrrübe und verschwand wieder im Zylinder. Danach hatte seltsamerweise niemand mehr Lust zum Wichteln. Wer weiß, vielleicht zog sonst jemand einen Kobold aus dem Zylinder oder wurde vom verärgerten Hasen gebissen?

Geschenke basteln

Für den Nikolaustag bastelte Ralphus lieber seine Geschenke selber. Er wollte nur Dinge schenken, welche die Beschenkten gut brauchen konnten. Für Kleckselinchen bastelte er einen hübschen Hexenbesen, wie er glaubte. Allerdings hielt jeder andere es für einen ausgefransten Wischmopp im letzten Grad der Mauser.

Für Larrylinchen und Alpakalinle stellte er Geweihe her, damit sie wie stolze Elche wirken sollten. Leider sahen beide später damit aus, als trügen sie einen merkwürdigen Garderobenständer auf ihrem Kopf.

Die anderen wiederum stellten für Ralphus einen Rollator her. Dachten sie. Jeder Hofbesucher, der ihn sah, überlegte sich, was diese Mischung aus Sackkarre und Schubkarre bedeuten sollte!

Zum Glück gab es ja noch die Geschenke der Profis! Nikolaus und Weihnachtsmann – sofern diese nicht doch bereits in Rente waren! Wer konnte das schon wissen?

Es geht los!

Alpakalinle lag im tiefsten Schlummer, als es plötzlich Läuten vernahm. „Merkwürdig", überlegte es. „Hier gibt es doch gar keine Kirchen. Was kann das bloß sein? Mein Wecker hört sich auch ganz anders an." Ein lautes: „Ho, ho, ho!", erschallte. „Ach, Mist! Nikolaustag! Den habe ich fast verpennt!" Eilig rannte das Alpaka heraus, wo es der Nikolaus als Leittier vor seinen von Alpakas gezogenen Schlitten einspannte. Mit 6 AS, also 6 Alpakastärken, sauste der Nikolausschlitten in den Himmel. Ein bewegender Anblick. Fand auch Kleckselinchen, die dem Schlitten heimlich auf ihrem Füller hinterherflog. Was sie wohl zu sehen bekam? Die Spannung darauf war voll gerechtfertigt!

Überraschung

Alpakalinle genoss den Flug sehr, allerdings wunderte es sich etwas, weil der Flug nicht so elegant wie sonst stattfand. Vielleicht war eines der anderen Alpakas betrunken? Oder gar krank? Besorgt schaute es die anderen an. Da sackte ihm das Herz schwer ab! Larrylinchen hatte sich eingeschlichen! Seine mangelnde Flugerfahrung machte sich leider sehr bemerkbar. Es kam zu einer Art schaukeln, wie auf einem Schiff. Prompt wurde das arme Alpakalinle seekrank, hielt aber als Leittier tapfer durch! Währenddessen schoss es gleichzeitig Larrylinchen durch den Kopf: „Habe ich doch raffiniert gemacht! Keiner merkt was! Bin halt doch ein cleveres Lama!" Der Stolz wäre sehr schnell zu Ende gewesen, wenn es die verärgerten Gesichter der fünf seekranken Alpakas gesehen hätte, welche zutiefst missmutig hinüber starrten.

Der Nikolaus merkte zum Glück nichts und hielt das Schaukeln für das Endergebnis von den sieben Glühwein, die er sich vorher zum Aufwärmen gönnte.

Hicks?

Verfolgung

Kleckselinchen sah das Schaukeln vor sich und fühlte sich an ihren Unterricht in der Hexenflugschule erinnert. Im besten Fall flog sie selber auch so schwankend, meist endete es dann aber mit einem Absturz. Ob das dem Nikolaus auch passierte? Was er wohl den Kindern für Geschenke brachte? Vielleicht sollte sie versuchen, in den Geschenksack etwas hinein zu linsen? Anderseits konnte es gefährlich werden zu nah heranzufliegen, da ja auch ihr fliegender Füller sehr schwankte. Nicht, dass es zu einer Kollision kam! Und Kleckselinchen war dann schuld, wenn für die Kinder der Nikolaustag ausfiel!

Plötzlich kam etwas aus der anderen Richtung vorbei geflogen. Es rauchte sehr! Ein brennendes Flugzeug? Eine fliegende Lokomotive? Oder, oh Schreck, der qualmende Drache? Schnell weg! Vom panischen Schrecken beseelt, überholte sie rasend den Nikolausschlitten. Der Nikolaus sah es und schimpfte vor sich hin: „Immer diese Sonntagsfahrer! Natürlich eine Frau! Typisch!" Als sehr alter Mann steckte er voller Vorurteile, statt auf seinen eigenen miserablen Flug zu achten. Der war nämlich erheblich schlechter!

Die Geschenke

Von Kamin zu Kamin flog der Schlitten. Wie ein junger Mann sprang der Nikolaus jedes Mal in den Kamin und kam jedes Mal wie ein sehr alter Schornsteinfeger heraus gekrochen. „Mein armes Kreuz", jammerte er dabei. Die Alpakas dachten: „Mit dem dicken Bauch kann er froh sein, wenn er nicht im Kamin stecken bleibt."

Doch muss an dieser Stelle wirklich zugegeben werden, für sein extrem hohes Alter ging es doch wirklich gut voran. Leider hatte der Fahrtwind die Zettel auf den Geschenken durcheinandergebracht. Als die Kinder später die Geschenke öffneten, gab es einige böse Überraschungen! Ein sehr ökologisch orientiertes Kind bekam eine Dampfmaschine. Ein vegan lebendes Mädchen Weihnachtsspeckwurst. Auch der technisch interessierte Junge freute sich nicht sehr, als er eine Puppenstube bekam. Als die Kinder sich später beklagten, dachte der Nikolaus: „Ach, sind die Kinder heutzutage verwöhnt! Es sind doch alles schöne Geschenke!"

Rüge

Zurückgekehrt erkundigte sich Alpakalinle bei Larrylinchen: „Wie hast Du es bloß geschafft, Dich als Zugtier einzuschmuggeln?"

Larrylinchen antwortete kichernd: „Ich habe ein Alpaka bestochen, daheimzubleiben. Ich habe dann den freien Platz am Schlitten übernommen."

Alpakalinle schimpfte: „Sowas gehört sich nicht! Schäme Dich!" Doch Larrylinchens Gesicht ließ darauf schließen, dass es sich keineswegs schämte. Es sollte auch darauf hingewiesen werden, dass Alpakalinle sich sehr typisch verhielt. Genauso, wie es im Leben weit verbreitet ist. Es beklagte sich über etwas, was es schon selbst getan hatte. Denn vor nicht allzulanger Zeit schlich sich das Alpaka genau auf dieselbe Art in das Gespann des Rentierschlittens vom Weihnachtsmann ein. Aber: Bei einem selbst ist es stets was ganz anderes!

Das Duo

Mit der Zeit machte es Larrylinchen Alpakalinle nach und begann auch Bücher zu schreiben. Dieses Buch, das Sie grade in Händen halten, war das erste, dem noch viele andere mit den Abenteuern des liebenswerten Lamas folgen sollten! Der Hofbesitzer wunderte sich immer wieder, woher nachts die Tippgeräusche kamen. Trieben Trolle draußen ihr Unwesen? Schrieben Kobolde nachts magische Bücher? Aus Angst die Unholde könnten ins Wohnhaus kommen, legte er lieber nachts Schreibpapier und Schreibmaschinenbänder vor die fest verriegelte Haustür.

Wenn ihm der Weihnachtsmann jedes Jahr neue Alpaka- und Lamabücher schenkte, kamen ihm manche der handelnden Tiere seltsam vertraut vor. Woher bloß?

Geld

Gerne hätten die Hofbesitzer sich weitere Tiere gekauft, es fehlte ihnen aber leider am Geld. Durch die gestiegenen Kosten für Wasser, Energie, Futtermittel usw. waren sie ohnehin schon knapp bei Kasse.

Unsere lieben Tiere berieten sich, wie Geld für den Hof zusammen kommen könnte. Alpakaline schlug vor, Sir Ralphus auszustellen. „Stell Dir vor! Ein Überlebender aus der König Arthurs Zeit! Eine Sensation! Die Leute werden in Massen herkommen!"

Leider zeigte Sir Ralphus für diese Idee seltsamerweise keine Begeisterung. Warum nur?

Larrylinchen trumpfte daher mit seiner neuen Idee auf: „Kleckselinchen kann uns doch einfach das Geld herbeizaubern. So einfach ist das Problem zu lösen!"

Alpakalinle schüttelte den Kopf: „Du weißt ganz genau, wie chaotisch Kleckselinchen ist! Wer weiß, was beim Zaubern passieren könnte! Vielleicht ist der Hof plötzlich auf dem Mond oder auf dem Meeresboden!"

Ganz schön skeptisch! Doch was tun? Gab es überhaupt eine Lösung?

Mächtige Magie

Kleckselinchen aß gerade im Hofcafé Kuchen, als sie von den Problemen hörte. Sofort richtete sie den Zauberstab auf den Hof, murmelte ein paar Beschwörungsformeln. Nichts geschah. „Seltsam", schoss es ihr durch den Kopf. „Es sollte jetzt eigentlich Banknoten regnen." Auch ein zweiter Versuch scheiterte kläglich. Verblüfft hielt die junge Hexe inne. Warum klappte es nicht? Ihr Blick fiel auf ihre ausgestreckte Hand. In dieser befand sich statt des Zauberstabes noch die Kuchengabel! Leicht errötend änderte sie das und wiederholte die Beschwörung. Aus dem Zauberstab schoss ein energischer Magieblitz, ein Zeichen mächtigsten Zaubers! Zufrieden reiste Kleckselinchen nach Hause. Denn in Kürze würde es Banknoten regnen und ohne Radar durch den Geldscheinregen fliegen, war doch etwas gefährlich.

Unerwartete Folgen

Es regnete aber keine Geldscheine. Doch irgendetwas musste doch die Magie ausgelöst haben? Hoffentlich nichts Schreckliches! Bei schussligen Hexen konnte wirklich alles passieren, wie schon früher Alpakalinle richtig feststellte.

Langsam kam ein Wind auf. Würde es ein Orkan werden? Oder ein tagelanger Schneesturm? Schneite der Hof ein? Der Wind verstärkte sich zusehends. Merkwürdige Geräusche erreichten die Ohren der Hofbewohner. Ein großes Livekonzert vielleicht? Nein, nirgends erschienen die Musiker. Allmählich ließen sich Melodien erkennen. Ältere Hofbewohner hörten Schlagermelodien, jüngere Pop Musik. Der Wind rief diese Melodien hervor, wenn er durch die Bäume fuhr. Schnell sprach es sich herum, Massen von Besuchern erschienen und brachten dem Hof mehr als genug Geld. Alle bestaunten das Musikwunder. Nur die Hofbesitzer nicht, die schon immer durch den Wind hervorgerufene Melodien hörten.

Vorbereitungen

Die Weihnachtszeit rückte immer näher, somit auch die große Vorfreude. Tannenbäume wurden aufgestellt und geschmückt, abends Bratäpfel und Glühwein von den Menschen genossen. Auch bei den Tieren landeten regelmäßig kleine Leckereien. Erwartungsvoll dachten alle an das Fest, ein wenig auch an die Geschenke. Manche dachten übrigens nicht nur ein wenig an die die Geschenke, sondern sogar sehr arg. Optimistisch versuchte Kleckselinchen noch immer Weihnachtszauber zu lernen, mit verheerenden Erfolg! Aus ihrem Hexenhaus strömten Kobolde, Trolle, Einhörner und vieles andere mehr. Nur Geschenke, die strömten bei ihren Zauberversuchen nicht herein! Auch Sir Ralphus bastelte voller ungerechtfertigten Selbstvertrauen herum. Oh, weh! Wie sollte das alles bloß enden?

Überlegungen

Währenddessen tauschten sich unsere beiden Tiere über Weihnachten aus, wie es die letzten Jahre bei ihnen so war.

Es wurden auch Überlegungen angestellt, ob es ihnen beiden gelingen könnte, sich als Zugtiere beim Weihnachtsmann einzuschleichen. Würde ein Bestechungsversuch bei den Rentieren klappen? Aber selbst wenn er gelang: Zwei wesentlich kleinere Tiere als die Rentiere konnte selbst ein alter Mann wie der Weihnachtsmann nicht übersehen. Oder doch? Schließlich zog sogar ein kleiner Drachen mal den Schlitten mit!

Vielleicht gelang doch der Versuch? Aber wie sich beim Weihnachtsmann herausreden, wenn er sie beide doch erwische?

Eventuell zückte sogar Knecht Ruprecht zur Strafe die Rute? Sollte dies wirklich riskiert werden? Andererseits…

So gingen die Überlegungen hin und her. Wie fiel wohl die Entscheidung aus?

Ideen?

Larrylinchen meinte überlegen: „Ach, wir lassen uns einfach beide von Kleckselinchen in Rentiere verwandeln. So einfach ist das!"
Alpakalinle erstarrte entsetzt: „Bist Du verrückt? Du weißt doch, wie schusslig die ist! Nachher sind wir zwei Nilpferde mit Mäuseköpfen! Ohne mich!"

Widerstrebend musste das Lama zugeben, dass die Idee doch nicht ganz so ausgereift war. Aber was nun wirklich tun? Alpakalinle schlug vor: „Wir hängen einfach einen Anhänger an den Weihnachtsschlitten ran. Wenn der Weihnachtsmann nicht in den Rückspiegel schaut, merkt er nichts!"

Das Lama schüttelte fassungslos den Kopf: „Deine Idee ist noch schlechter als meine. Was sollen wir nun bloß machen?"

Ja, was?

Die Rettung

Eines Tages saß mümmelnd der Osterhase auf dem Hof. Er rief aufgeregt: „Habt Ihr es schon gehört? Der Weihnachtsmann muss zu einer Diätkur! Weihnachten fällt dieses Jahr aus! Ob ich ihn wohl vertreten soll? Das letzte Mal klappte es nicht besonders gut"

Unsere beiden Lieblingstiere konnten es nicht glauben! Weihnachten fiel aus! Damit erledigten sich ihre Überlegungen von selber.

Traurig standen beide da, als der Osterhase vorschlug: „Warum seid Ihr so traurig? Soll Weihnachten doch stattfinden? Ich habe da eine tolle Idee. Aber Ihr müsst mir helfen die anderen zu überreden!"

Er tuschelte mit den beiden, die plötzlich wieder über das ganze Gesicht grinsten. Der perfekte Plan!

Der perfekte Plan

Wegen der optischen Ähnlichkeit reiste Sir Ralphus als Weihnachtsmann. Der Osterhase verkleidet als Knecht Rupprecht. Das Alpaka und das Lama zogen allein eine uralte Droschke aus dem Schuppen. Kleckselinchen fütterte sie während des Fluges mit extra Kraftfutter, damit die Kräfte nicht erlahmten. Ob wohl alles klappte? Bemerkten es die Menschen, dass dies nicht der übliche Weihnachtsmannbesuch war? Wir werden sehen!

Die Arbeit beginnt

Viele Spaziergänger staunten nicht schlecht, als sie eine uralte, mit dickem Moos überwachsenen Pferdedroschke am Himmel fliegen sahen. Auch sonst klappte nicht alles ganz ideal. Sir Ralphus schaffte es zwar locker in die Kamine rein, musste aber die Wohnungen durch die Haustür verlassen. Gegen Ende des Abends schmerzte ihn von der langen Arbeit alles. „Diese Tour ist eine Tortur!", nuschelte er. Doch eisern hielt Sir Ralphus durch, auch wenn ihn mit der Zeit die anderen in die Wohnung hinein und wieder heraustragen mussten.

Es kann auch nicht geleugnet werden, dass der Osterhase als Knecht Ruprecht niemanden einschüchterte. Aber alle Familien durchschauten diese Krankenvertretung des Weihnachtsmannes und taten völlig ahnungslos, was allen Beteiligten trotz vieler Hindernisse einen schönen Abend bescherte.

Merke: Nur der gute Wille zählt! Diesen hatten alle reichlich!

Die Panne

Mitten im Flug brachen von der vermoderten Kutsche Teile ab. Der Osterhase bemerkte: „Vielleicht hätten wir lieber nicht diese alte Droschke aus dem Stall nehmen sollen."

„Aber was anderes gab es ja dort nicht", erwiderte Alpakalinle. „Ansonsten stand dort nur noch ein kleiner Leiterwagen."

Larrylinchen gab auch seinen Senf dazu: „Der Leiterwagen ist zwar klein, wäre uns aber am Stück erhalten geblieben. Während diese alte Droschke nach und nach zerfällt, bis schließlich von ihr gar nichts mehr übrig ist."

Begeistert rief der Osterhase: „Oh, ja! Toll! Dann reiten Sir Ralphus und ich auf dem Rücken der beiden Zugtiere über den Himmel! Davon habe ich schon immer geträumt! Wunderbar!"

Larrylinchen ächzte: „Was? Der alte Fettkloß von Sir Ralphus auf meinem armen Rücken? Nein, Danke!"

Alpakalinle ergänzte: „Ich habe eine Hasenallergie, der Osterhase kommt nicht auf meinen Rücken."

Weswegen die Droschke weiterflog, auch wenn Sir Ralphus und der Osterhase vielleicht bald im wörtlichen Sinne den Boden unter den Füßen verloren.

Schneefall

Am Himmel begegneten unsere Helden fliegende Fische und die Flugsicherung. Diese sprach der Droschke jegliche Flugtauglichkeit ab, forderte sogar eine Notlandung. Als unter ihnen auf den Straßen Kinder demonstrierten: „Wir wollen den Weihnachtsmann, wir wollen den Weihnachtsmann!", gab die Flugsicherung nach. Mit der Bemerkung: „Aber nur für diese Weihnachten habt Ihr eine Ausnahmegenehmigung!" Irgendwann gerieten sie in dichtes Schneegestöber. Niemand sah mehr die Hufe vor Augen! Endlich hörte das Schneegestöber auf. Erschrocken setzte kurz ihr leidgeprüftes Herz aus! Dicht vor ihnen ragte der Himalaja auf! Im letzten Augenblick gelang ein steiler Aufrechtflug, wobei ein Geschenkpaket aus dem Schlitten fiel. Ausgerechnet dem Yeti vor die Füße, der ihnen dankbar nachwinkte. Rettung in letzter Sekunde! Was für ein Weihnachten! Unsere Helden beschlossen sich nie wieder zu beschweren, wenn der echte Weihnachtsmann mal wieder erst spät zu ihnen kam! Was für eine enorme Leistung er jedes Jahr erbrachte. Unglaublich! Danke lieber Weihnachtsmann!

Navigationsgerät

Von nun an benutzten sie vorsichtshalber die Hexenkugel von Kleckselinchen als Navigationsgerät. Denn solch einen Schock kann niemand zweimal verkraften.

Wann immer es ging, hielten unsere Helden unterwegs an veganen Imbissstuben, um durchzuhalten. Die veganen Speisen brachten verbrauchte Energien zurück. Nur Sir Ralphus Speisen waren vielleicht nicht besonders vegan, aber Hauptsache auch er hielt als Weihnachtsmann Double durch. So lange Sir Ralphus unter den Tannenbäumen zahnlos: „Ho, ho, ho!", krächzend nuschelte, konnte es weitergehen, es ging weiter, immer weiter. Oft glaubten alle, endlich mit der harten Arbeit fertig zu sein, aber die Hexenkugel zeigte stets neue Länder und neue Städte an, wohin sie noch mussten. Unsere beiden Zugtiere beschlossen nach diesem harten Knochenjob in Rente zu gehen. Selbst der Füller von Kleckselinchen kleckste nicht mehr. Aber stets sagte die Hexenkugel: „Fortsetzung folgt!" Unerbittlich! Voller Frust dachten alle daran, wie sie am liebsten zur Strafe mit der Hexenkugel Kegeln spielen wollten.

Das Ende der Reise

Während die Droschke weiterhin zerbröckelte, überlegten alle zunehmend: „Werden wir noch rechtzeitig fertig oder gibt die Droschke vorher endgültig den Geist auf?"

Trotz dieser berechtigten Sorgen wollten alle ihre Pflicht erfüllen, jedem Kind seine Geschenke zu bringen.

Doch allmählich blieb von der Droschke kam noch etwas übrig, die aber für den Transport der vielen Geschenke unerlässlich war. Ohne Droschke ging es nicht, irgendwie fühlten sie sich auch laufend beobachtet. Doch täuschte dieses Gefühl zweifellos, denn wer könnte schon ein Auge auf unsere Helden geworfen haben? Wozu auch?

Die Weihnachtsmannvertreter haderten mit sich selber, diesen Stress freiwillig zu machen. Doch gleichzeitig spürten alle einen gewissen Stolz auf sich selber. Auch eine innere Befriedigung eine so harte Arbeit bis zum Ende durchzuhalten. Wer hätte außer ihnen eine so perfekte Vertretung machen können? Völlig erledigt landeten sie schließlich mit den letzten kläglichen Resten der Droschke auf ihrem Hof und fielen in ihre Schlaflager. Wo sie aber bald von den völlig ahnungslosen Hofbesitzern mit dem freudigen Ruf: „Weihnachtsfeier!", geweckt wurden! Auch das noch! Die Allerärmsten! Ach, je...

Die Weihnachtsfeier

Die Besitzer des Hofes standen mit ihren schönen Geschenken für ihre Tiere unterm Tannenbaum und sangen mit diesen bekannte Weihnachtslieder. Ralphus Rheumaticuslinchen nuschelte im Takt dazu, während Kleckselinchen mit ihrer piepsigen Stimme den Chor vollendete. Eine harmonische Feier näherte sich dem Ende, als von draußen ein lautes: „Ho, ho, ho!", erklang. Überrascht wollten alle hinauseilen, doch ein wahrer Geschenkberg vor der Tür verhinderte dies. In einem schönen Brief bedankte sich der echte Weihnachtsmann für ihre „gelungene" Vertretung. Als „kleines" Dankeschön ließ er den Geschenkberg zurück, der was für Bergsteiger zum Erklimmen gewesen wäre. Alle, auch die Hofbesitzer, fanden in dem Berg wundervolle Geschenke für sich.

Gegen Schluss des einzigartigen Festes flüsterte der Hofbesitzer seiner Frau zu: „Ich möchte wirklich wissen, was unsere lieben Tierchen angestellt haben, dass sie so reich beschenkt werden." Seine Frau meinte nachdenklich: „Das werden wir leider nie erfahren." Doch sie täuschte sich. Durch dieses Buch wissen beide es nun.

Ich wünsche nun den Hofbewohnern und den Lesern frohe Weihnachten und ein gutes, neues Jahr!

Hinweis für die werten Leser!

Für heute überlassen wir unser Freunde Ihrer schönen, hart verdienten Weihnachtsfeier. Doch schon bald treffen wir sie wieder, in einer meiner zwei neuen Buchreihen.

In der Buchreihe mit gemeinsamen Abenteuern von Alpakalinle und Larrylinchen ist als nächstes Buch in Vorbereitung:

„Zauberhafte Ferien mit Alpaka und Lama"

In der schon sechs Bände reichen Buchreihe mit Alpaka-Abenteuern erscheint als nächster Band: „Halloween, Drache und Alpaka im Scheinwerferlicht."

Ich würde mich sehr freuen, Sie dann wieder als Leser begrüßen zu dürfen! Bis bald?

Über den Autor Ralf Neubohn:

Ralf Neubohn hat bereits zahlreiche Bücher geschrieben bzw. herausgegeben und ist einem breiten Publikum durch regelmäßige Lesungen bekannt.

Er hat auch einen Literaturpreis gestiftet. Den „Neuen Literaturpreis Remstal".

Neubohn schreibt Krimis, Lyrik, heitere Romane und Kurzgeschichten.

Bücher von Ralf Neubohn:

Lama und Alpaka Reihe:

„Weihnachten mit Alpaka, Lama und der schussligen Hexe"

„Zauberhafte Ferien mit Alpaka und Lama"

Alpaka Reihe:

„Die Alpakas vom Nikolaus"

„Der Nikolaus und sein Alpaka auf Tournee"

„Applaus für Alpaka und Osterhase"

„Das Comeback des geheimnisvollen Alpakas"

„Premieren-Abend mit Alpaka und Phönix"

„Das magische Alpaka und der Drache"

Gedichte

„Hier und Jetzt"

„Frisch gewagt"

Gedichte und Kurzgeschichten

„Die zauberhaften Altbohns"

Bücher mit schwarzen Humor Gedichten

„Die Gartenschau-Morde"

„Tod auf dem Kaktus"

„Neues vom 1. April"

Kurzkrimis

„Mörderisch gut"

Gartenschau Trilogie

„Flammenfeder live von der Gartenschau"

„Gartenschau Phantasie"

„Herzlich willkommen Gartenschau"

„Galaabend für die Gartenschau"

„Abschiedsvorstellung für die Gartenschau"

„Die Gartenschau-Morde"

„Tod auf dem Kaktus"

„Neues vom 1. April"

„Gartenschau Magie"

„Die Gartenschau im Rampenlicht"

Heiteres aus dem Autorenleben

„Im Tal der Autoren"

„Alle Autoren an Bord"

„Terry ein Schotte in Schwaben"

„Die zauberhaften Altbohns"

Science Fiction/ Fantasy

„Sam Space"

„Premieren-Abend mit Alpaka und Phönix"

„Das magische Alpaka und der Drache"

„Weihnachten mit Alpaka, Lama und der schussligen Hexe"

Jahresfeste

„Weihnachten mit dem literarischen Kleeblatt"

„Auf der Suche nach dem verlorenen Osterei"

„Weihnachten und Silvester mit Flammenfeder"

„Vorhang auf für Nikolaus, Weihnachten und Ferien"

„Bühne frei für Fasching und Halloween"

„Die Alpakas vom Nikolaus"

„Die Bettsocken vom Weihnachtsmann"

„Silvester und Weihnachtsmarkt geben sich die Ehre"

„Der Nikolaus und sein Alpaka auf Tournee"

„Applaus für Alpaka und Osterhase"

„Das Comeback des geheimnisvollen Alpakas"

„Weihnachten mit Alpaka, Lama und der schussligen Hexe"

Nachwort

Liebe Leser,

Sie sind nun an das Ende meines kleinen Büchleins gekommen. Ich hoffe, Sie gut und abwechslungsreich unterhalten zu haben.

Falls Sie beim Lesen auf den Geschmack gekommen sind, so gibt es von mir viele weitere schöne Bücher zum selber Genießen oder als originelles Geschenk für andere. Etwa zu Ostern, Weihnachten und Geburtstagen.

Mit freundlichen Grüßen und hoffentlich bis bald!

Ihr Ralf Neubohn